TOUT IRA BIEN

STÉPHANIE RICHARD

TOUT IRA BIEN

SARBACANE ·Beau & Court

Bibliographie sélective (romans)

De la même autrice, chez le même éditeur

Jeux jaloux (coll. Exprim', 2021)
Popy sauve le monde (coll. Pépix, 2017)
Popy la tornade (coll. Pépix, 2015)

En littérature jeunesse, chez d'autres éditeurs

Uni vert, Remous (Éditions du Pourquoi Pas, 2020)
Poilu (Le crayon à roulettes, 2020)
J'aime pas être belle (Talents Hauts, 2016)
J'aime pas la danse (Talents Hauts, 2015)
J'aime pas le foot (Talents Hauts, 2015)

À l'adolescence, cet âge incroyable où tout commence,
et en particulier à Thelma, ma fille, au cœur de cette
tempête-là. Va, vogue et virevolte.
Ta mère, cette vieille tête qui t'aime.

« Est-ce qu'on peut empêcher le printemps de venir,
lors même qu'on couperait toutes les forêts
du monde ? »

Louise Michel, *La Commune*, 1898

Mes performances, de la plus récente à la plus ancienne :

- ☑ *feu aux poubelles de la cantine (pas chopée)*
- ☑ *graff au dernier étage (chopée)*
- ☑ *vrai poisson d'avril (chopée)*
- ☑ *punaises sur chaise (pas chopée)*
- ☑ *liquide vaisselle dans chiottes (pas chopée)*
- ☑ *souris morte dans cartable (pas chopée)*
- ☑ *disparition de copies (pas chopée)*
- ☑ *mouches mortes dans trousse (pas chopée)*
- ☑ *dentelle d'anorak réalisée au cutter (pas chopée)*
- ☑ *encre bleue sur baskets blanches (pas chopée)*
- ☑ *chocolat fondu sur chaise de prof (pas chopée)*
- ☑ *clous dans pneu de vélo du CPE (pas chopée)*
- ☑ *dessin de vulve sur tableau vert (pas chopée)*
- ☑ *alarme incendie (x 13) (chopée 4 fois)*
- ☑ *tableau de chasse de mèches de cheveux (chopée 2 fois)*
- ☑ *enfermement d'élèves dans chiottes (chopée 1 fois)*
- ☑ *bagarres (infinies) (chopée à l'infini)*
- ☑ *shampoing de petits pois (chopée)*
- ☑ *shampoing de mousse au chocolat (chopée)*
- ☑ *shampoing de purée (chopée)*

- ☑ *shampoing de toute nourriture qui s'écrase (chopée trop souvent, arrêt de la procédure)*
- ☑ *cassage de fenêtre en décembre (pas chopée)*
- ☑ *rayures sur portières de voitures avec clé de maison (pas chopée)*
- ☑ *crachats sur poignées de porte (pas chopée)*
- ☑ *étalage de poubelles sur chaussée (chopée)*
- ☑ *piétinage de tulipes sur plate-bande d'immeuble (chopée)*
- ☑ *piétinage de jonquilles devant maison moche (pas chopée)*
- ☑ *encre violette sur linge qui sèche devant maison jolie (pas chopée)*
- ☑ *glu sur siège de la maîtresse (chopée)*
- ☑ *javel dans pistolet en plastique en maternelle (chopée)*
- ☑ *casse d'un verre en cristal sur tête de camarade à un anniversaire (chopée)*
- ☑ *dentifrice dans choux à la crème au même anniversaire (chopée)*
- ☑ *épilation du chat de Liliane (chopée)*
- ☑ *poussage du bébé de Sandra (chopée)*
- ☑ *destruction de ma mère à la naissance*

1

Dès qu'elle est arrivée, j'ai compris qu'on allait se marrer : elle avait une tête parfaite de loseuse. Un mètre cinquante, une grosse tignasse toute frisée, et un petit cartable marron assorti à son chandail tricoté par sa mère. Elle a dit d'une voix de chaton en colère :

– S'il vous plaît, on se calme ! Je vais faire l'appel !

Évidemment, personne ne l'a calculée. Félix a braillé en levant la main :

– Moi, c'est Mohamed, madame, Mohamed Sadoun.

Mohamed a balancé sa trousse dans la tronche de Félix, qui s'est poussé pour l'éviter, ce qui l'a fait atterrir sur la table d'Inès, qui s'est mise à japper en brandissant un flacon pailleté.

– Vas-y ! Mon vernis !

C'est là que Mme Adès, notre toute nouvelle prof de français, a voulu renforcer son autorité par un coup d'éclat ; elle a attrapé fermement son petit cartable à deux mains pour le claquer sur le bureau. Sauf qu'il s'est pris dans la lanière de son sac à main, et qu'elle est tombée, comme ça, les fesses par terre sur l'estrade, en plein devant notre meute affamée. On a jailli en bloc de nos chaises, hurlant de rire et applaudissant. Elle a rampé vers l'arrière, le regard affolé, comme si on allait se jeter sur elle – mais c'était mal nous connaître. On avait déjà gagné ; elle était foutue pour le restant de l'année.

La porte s'est ouverte d'un coup, et la proviseure est entrée. En un quart de seconde, nous étions tous assis à nos places, les mains sur la table, l'air étonné.

– Qu'est-ce que c'est que ce vacarme ?! On vous entend à l'autre bout du couloir !

Puis, elle a avisé Mme Adès qui se relevait avec peine.

– Que s'est-il passé ? elle lui a demandé en lui tendant une main charitable.

– Rien, a suffoqué la prof, je me suis bêtement emmêlée avec la lanière de mon sac à main…

On gloussait tous dans nos manches.

– Vous ne vous êtes pas fait mal ? s'est inquiétée la proviseure.

– Non, ça va aller, elle a répondu, le sourire crispé.

Avant de repartir, nous gratifiant de son regard de givre, la proviseure nous a menacés de coller la classe entière si elle entendait un seul son. Les mouches ont volé.

Mme Adès nous a regardés, inquiète, mais la bande de chacals que nous étions pouvait attendre un autre jour : notre proie était à nous, et elle n'était pas près de bouger.

Alors, on a sagement ouvert nos cahiers et attendu ses instructions.

***

– Elle déchire, la prof de français ! a rigolé Noé en sortant de cours. C'est un caniche nain, en fait !

– Mais c'est trop ça ! ont éructé ensemble Violette et Yasmina.

Tess nous a scannés sans rien dire.

– Ah ! Je crois que l'intello n'est pas d'accord, j'ai remarqué en la fusillant du regard.

Elle a tourné la tête vers moi et m'a juste souri. J'ai tchipé ; jamais je lui fais baisser son regard, à celle-là. Mais elle ne perd rien pour attendre.

Elle a fait valser ses cheveux mi-longs pour rejoindre Zoé, la copine de toujours : la paire de blondes qui forme un trio avec Côme, le mec cool.

Nous, avec les gars, c'est-à-dire Noé, Alex, Yasmina, Violette et Mohamed, on s'est engouffrés en bande dans la cantine en poussant les sixièmes. Une minuscule s'est insurgée.

– Hé ! Ça s'fait pas !

– Qu'est-ce qui s'fait pas, moustique ? je lui ai demandé en tendant mon cou vers sa tête.

Elle a reculé sans rien dire, les yeux baissés. Moustique écrasé.

On nous a servi des petits pois, mon jeu favori. L'idée, c'est de viser les capuches, la petite cuillère servant de catapulte. Suis meilleure en lancer de petits pois qu'au basket. C'est pourtant pas évident. Cela dit, j'adore rater, et voir le petit paquet vert s'engluer dans les cheveux de ma victime et dégouliner vers le cou, pendant qu'elle miaule : « Mais c'est dégueulasse, qui a fait ça ?? »

Alors, je me lève, je m'approche tranquille, et je lui fais un petit shampoing avec mon poing vissé sur son crâne. Elle crie. Je ris.

Suis née sur la route de l'enfer
Entre Abuja et un bout de désert

Je ne sais pas qui est mon père
Je sais à peine qui est ma mère

Seize ans, elle avait seize ans
L'âge que j'aurai moi dans deux ans

Elle a atteint la France, le pays providence
Et balancé son fardeau aux services sociaux
Avant de s'enfuir dans un recoin de sa tête
Une pipe à crack pour faire la fête

Je la croise en bas de chez moi
Elle ne me reconnaît pas

Je suis Ira, elle est ma mère
Je suis furie, elle est misère

Je suis debout pour toujours
Jamais je ne baisserai
Un cil devant vous.

2

J'ai apporté des pétards, pour l'acte II avec Adès. Dans le couloir, elle a déjà l'air bien tendu quand elle nous demande de nous ranger par deux pour « entrer calmement ». On joue le jeu ; on aime bien faire mariner nos proies, c'est meilleur.

J'ai distribué les pétards à quatre potes, ça va voltiger dans tous les sens, elle va pas s'en remettre, et impossible de savoir d'où ça vient.

Elle fait des « Hum hum » pour récupérer sa voix qui s'est fait la malle avec sa dignité, nous demande trois fois d'ouvrir nos manuels page vingt-huit. C'est là qu'on démarre un tour de chauffe.

– Madame, j'ai pas mon manuel !

– Moi non plus, madame !

– Madame, il sert à quoi le manuel ?

– Madame, Alexandre, il l'a, je le vois qui dépasse de son sac.

– Madame, mon frère il a fait pipi dessus, je peux plus m'en servir !

Ça rigole, elle blanchit : elle est mûre. *Trois, deux, un…*

Du bout des lèvres, je lance un « *Go !* » aux potes, histoire qu'on synchronise nos lancers.

Les cinq pétards atteignent l'estrade en même temps dans un crépitement de fumée, et – c'est presque beau – la classe entière bondit dans un hurlement de terreur et de rire, pendant que le caniche s'enfuit en courant.

Une fumée blanche envahit la salle. La moitié de la classe s'est barrée dans le couloir en beuglant. Tess ouvre précipitamment la fenêtre pour aérer, alors que Zoé tousse en glissant le long du radiateur. Elle en fait des caisses, celle-là, comme si elle allait crever.

– Elle est asthmatique, me balance Tess, le regard noir.

– Ça se voit que c'est du bluff, je lui réponds. T'as trop regardé *Mad Max*, Zoé chérie !

La proviseure est entrée – sans avoir besoin d'ouvrir la porte cette fois-ci –, talonnée par le caniche nain. Elle essaie de faire revenir toute la classe, mais ça braille dans tous les sens.

– On s'est fait attaquer, madame ! C'était une bombe !

– Oui, ça venait de dessous le bureau de Mme Adès, madame !

– Madame, Zoé, elle est en train de mourir !

La proviseure aperçoit Zoé au sol, en train de respirer comme un climatiseur. Elle l'aide à se relever en tentant de l'apaiser, avant de demander à Côme, yeux bleus, de l'accompagner à l'infirmerie.

– Attendez, y a sa Ventoline dans son sac ! se précipite Tess à leur suite.

J'ai une envie épidermique de lui faire un croche-pied, mais devant la proviseure, je me retiens. Déjà que Noé se marre tellement qu'elle commence à se tourner vers nous…

Heureusement : sonnerie, libération – on se rue dehors, sans que les profs puissent réagir.

J'ai juste eu le temps d'entendre : « Il y aura une enquête. Je vous préviens, cet acte ne restera pas impuni ! »

Allez, vas-y, mène ton enquête…

Ce fut bref; plus d'Adès
Fini le caniche nain, kaput, foutu

C'est si facile de décourager illico
Les petits cœurs coquelicot
Tous ces petits choux à la crème
Qui veulent absolument qu'on les aime

Madame Adès, il vous manquait vraiment un H
Pour devenir la maîtresse des enfers
En un smash
Vous avez viré serpillière

Et pourtant
J'aurais aimé que cela dure
J'aurais aimé cisailler vos fêlures
Sentir la résistance
Vous broyer comme un nugget
Vous mettre en miettes

Mais je tape trop fort tout de suite
Je m'emballe, je m'enfièvre, je m'excite
J'imagine un vrai combat

Une lutte de titans
Alors que sous les bouclettes
Et la tête à lunettes
Y avait personne…
Fin du game
Fin du poème

Avec quoi je vais m'amuser maintenant ?

◆ ◆ ◆

3

Mme Christine Bouchard, assistante familiale, a ma garde depuis quatre ans.

Avant, je suis restée deux ans chez Liliane Meuge, qui a lâché l'affaire quand j'ai dépoilé son chat à l'épilateur électrique. Encore avant, il y a eu Sandra, qui m'a rendue à l'ASE (l'Aide sociale à l'enfance) parce que j'avais poussé son bébé de la chaise haute.

Alors, Christine Bouchard n'a ni enfants, ni animaux de compagnie. On ne prend pas de risques avec Ira.

Je l'appelle la Bouche. Elle fait tout depuis quatre ans pour que je l'appelle Christine, mais ça ne prend pas.

Avec Ira, rien ne marche.

C'est ce qu'a écrit mon éducateur dans son rapport.

La Bouche n'est pas méchante. Elle est grosse et molle. Elle me regarde par-dessus ses lunettes en soupirant.

– Ira, qu'est-ce que tu veux manger, ma chérie ? Qu'est-ce qui te ferait plaisir ? Qu'est-ce que tu aimerais pour Noël ? Et ton anniversaire ? Tu veux inviter des amis à la maison ? Pourquoi tu cries, ma grande ? Tu as fait tes devoirs ? Je sais bien que tu n'es pas bête, alors pourquoi tu travailles pas ? C'est ton avenir qui est en jeu, tu sais ça ?

Je sais ça.

Mais je n'ai rien à répondre, jamais. Je bouffe ce qu'on me donne. Je ne veux rien, comme ça je ne suis absolument jamais déçue. Et c'est une force que personne n'imagine.

Quand je suis arrivée, j'avais dix ans. La Bouche était pleine d'allégresse et de promesses, on allait faire une sacrée équipe toutes les deux, elle croyait en nous, elle me faisait des sourires de vendeuse de bagnoles, elle s'enflammait, et ses joues flasques s'agitaient en rosissant.

Elle m'appelait « Ira, petite reine », elle disait : « Ira, petite reine, allons à la mer, cracher tes colères ; encore un exercice de maths et je t'achète une glace ; un sourire, offre-moi un sourire, tu verras, ça mettra de la douceur dans ta vie ! »

Marchandage, bonté. Au bout de quatre ans, sa bienveillance dégoulinante en a pris un coup sur la caboche, même si elle tente de faire bonne figure. Elle résiste comme elle peut, elle met en place des stratégies minables, des donnant-donnant, avec parfois le menton qui tremblote un peu pour me faire chavirer.

Mais je suis au-dessus de tout. Je me fous des machins à la mode, des bonnes notes, de faire plaisir aux profs, aux camarades de classe, à la Bouche. Je me fous de ce qui est bon, de ce qui est doux, de ce qui est beau.

Et ce que je déteste par-dessus tout, ce sont les regards inquiets ou de compassion. S'il y en a un qui dit « la pauvre », je lui explose les dents.

Voilà. C'est moi.

Un jour tout jaune d'automne

On marche dans un square avec Sandra et un éducateur

J'ai cinq ans, ou peut-être six

Ils marchent vite

Dans mes bottes de pluie rouges, mes pieds se recroquevillent pour ne pas les semer

Il fait doux mouillé

Ça sent les champignons à l'eau

On est presque bien

Un petit cortège d'escargots part à l'assaut des graviers

C'est l'escalade

On est presque bien

Je suis tentée d'en écraser un ou de l'aider

Je sais pas bien

Et puis soudain, elle est là, sur un banc

Deux yeux vides qui regardent le vide

Des sacs plastique partout autour d'elle

Toute sa maison dans ces sacs plastique

Elle se lève pour mettre un bout de truc à la poubelle

Son pantalon glisse

Apparaît le haut de ses fesses

Elle tire son jean pour le remonter et manque de se péter la gueule

« Quelle misère » souffle Sandra
« Tais-toi, c'est sa mère »

Il a dit : « Tais-toi, c'est sa mère »

Les mots dans ma tête
« Tais-toi, c'est sa mère »
claquent sur les graviers
« Tais-toi, c'est sa mère »
bouffent la terre mouillée
« Tais-toi, c'est sa mère »

T'es toi, cesse amère
Tête oie, sait ça mer
Tes toits, ses sa maire
Tétoi, cessamerre
Tetouasésamaire
TtoiCsamer

Sous mes bottes des escargots écrasés

◆ ◆ ◆

4

J'ai vu Tess pour la première fois à la rentrée de cinquième. Elle venait d'ailleurs et débarquait dans notre banlieue. C'était une proie idéale : elle ne connaissait personne et elle était jolie comme une poire.

J'ai d'abord tenté la base.
Je l'ai traitée de bourgeoise ; ça l'a fait marrer.
Je l'ai traitée d'intello ; elle m'a remerciée.

Trois semaines plus tard, elle se faisait élire déléguée. Les garçons bavouillaient des mielleries en bombant le torse devant elle, les filles la trouvaient trop cool. Elle a commencé à aider les plus faibles dans toutes les matières, parce qu'évidemment, elle s'est retrouvée bombardée première de la classe en un rien de temps, et elle était gentille comme une meringue.

Je l'ai appelée Sainte Tess, elle s'est marrée de nouveau et a répondu du tac au tac : « Xupéry ? » ; j'ai compris la réf, et j'ai souri malgré moi. *J'ai souri malgré moi*, quelle abrutie !

Elle est devenue populaire, mais une populaire de la pire espèce, de celle qui n'en profite pas, qui ne s'en rend même pas compte, qui pardonne aux cons et soutient son prochain.

Je l'ai détestée follement, et très vite ; son rire franc et éclatant, ses sourcils en point d'interrogation à chaque fois qu'il y avait le bordel, ses joues rose flamant, son air attentif à tout, ses décolletés tranquilles, sa niaque au foot, au basket, au hand... mais bordel, depuis quand les premières de la classe sont aussi bonnes en sport ? Et surtout, ses cheveux incroyablement lisses qui retombent comme une pub L'Oréal, sagement groupés, brillants, irréels.

Depuis, je rêve de la décoiffer toutes les nuits, de barbouiller son visage, et son cou, et son cœur.

En quatrième, elle est sortie avec Lucas, un gars de troisième, blond, grand, creux…

Hyper décevant.

J'ai espéré qu'il la broie à ma place, mais rien, leur histoire s'est a priori terminée sans éclat, petit clapotis de marée basse.

Il ne me reste plus beaucoup de temps avant qu'elle ne reparte vers son avenir tracé, lycée classé, parquet ciré, moulures dorées, et moi vers le mien, préfabriqué, CAP, vie limitée.

C'est comme ça, pas la peine de me dire que c'est faux, qu'avec la force de mes petits poings, je peux changer le monde, que tout est dans mes mains, que tout est possible Ira, enfin ! *Tout est possible !*

Parce que je sais pertinemment que rien n'est possible, absolument, irrémédiablement rien.

Quand je cogne
Peur dans les yeux
Domination
Plaisir

Quand je brise
Défoulement
Soulagement
Plaisir

Quand je mijote un sale coup
Excitation
Adrénaline
Plaisir

Quand je réussis le sale coup
Victoire
Pouvoir
Plaisir

Alors que

Si j'aime
J'espère
Si j'espère
Je rêve
Si je rêve
J'imagine
J'imagine autre chose
Autre chose de mieux

Alors j'y crois
Alors je baisse la garde

Alors je meurs

◆ ◆ ◆

5

– Des camarades de classe ont affirmé vous avoir vu lancer des pétards durant le cours de Mme Adès. Qu'avez-vous à répondre ?

La proviseure a tiré ses cheveux en chignon pour l'occasion, ça remonte ses yeux en arrière. Ses créoles se balancent à chaque phrase. Elle a croisé les mains sur le bureau, attendant de nous trois une réponse. Pour l'instant, Mohamed et Violette sont passés entre les mailles du filet, personne ne les a dénoncés ; reste Alexandre, Noé et moi, trois poireaux assis en rang d'oignons face à elle.

Noé, la grande perche, a le regard fuyant et les guiboles qui tremblent comme une bouche qui chiale.

Alexandre, le minus, s'est déjà excusé avant même de parler, tout son corps dit pardon, le dos rond.

Moi, je fixe les créoles qui oscillent. J'y ferais bien un tour de balançoire. En partant du chignon, avec un peu d'élan, je crois bien que ça pourrait le faire.

La proviseure me grille.

– Ça te fait rire ?

Je sens que ça panique à côté de moi.

– Y avait pas que nous, non plus… bavouille Alexandre.

– Vous l'avez donc fait, si je comprends bien ? elle rétorque immédiatement.

Un champion, le gars. Du genre à directement aller voir la Gestapo après avoir fait sauter un train.

– Ira, on peut savoir ce qui te fait sourire ? s'agace-t-elle pour la seconde fois. Dois-je te rappeler la longue liste de tes forfaits ? Je ne suis pas certaine que la situation soit particulièrement cocasse !

Je me lance dans un cochon pendu sur la créole gauche.

Elle tape un grand coup sur la table.

– Ira, je te parle ! Et j'aimerais que tu me regardes quand je te parle ! Il me semble que nous avions un deal, toi et moi, et que tu devais te faire oublier pendant quelque temps, non ? C'est toi qui as entraîné Noé et Alexandre dans cette histoire désolante ?

– Oui.

Les garçons me regardent, sidérés. C'est pas l'autre balance qui peut comprendre. Je suis Louise Michel. Regard lance-flammes, bouche rageuse.

– Bien. Je vais devoir convoquer un conseil de discipline, Ira, je suis désolée. Tu comprends ce que cela signifie ?

– Oui.

Les créoles sont entrées en vibrato, la proviseure est chagrinée. Elle aimerait tellement, elle aussi, pouvoir m'amadouer, me ranger dans les statistiques de ses succès, rentrer fièrement dans son petit pavillon, et dire à son chouchou de mari que la petite Ira, mais si, je t'en ai parlé, tu sais bien, cette môme infernale dont la mère se drogue, oui, voilà, celle-là, celle avec laquelle on n'arrive à rien, eh bien moi, figure-toi, chouchou, elle me fait confiance, on a passé un contrat, et elle le respecte !

Rien à ajouter. Les autres sont soulagés, je le vois à leurs épaules qui s'affaissent comme deux soufflés.

– Merci, murmure Noé en sortant.

Il n'ose pas me regarder.

Je ne réponds pas.

Je connais le combat
La colère qui s'abat
La pitié formidable de vos paroles
Je suis une grande âme folle
Qui ne rêve pas
Je dis : « J'ai tué » car je veux mourir !
J'ai ma tête à offrir

Je suis Judith la juive et Ira la Nigériane
Terrible et surhumaine
Je crie « J'ai tué, qu'on me tue ! »
Et la foule m'écoute m'accuser
Je viens de la nuit où l'on souffre
Je saute de toute mon âme dans le gouffre
Je vous jette mon long regard de haine
À vous tous, inhumains, repoussantes hyènes

Victor Hugo, revu par moi.

6

La Bouche la ferme, mais je sais, à cette manière qu'elle a de me regarder en coin et de frotter son front avec la paume de sa main, qu'elle est contrariée. Des petites plaques rouges sont apparues dans son cou. Elle a atteint le sommet de son stress : que va encore lui dire Moïse, dit Momos, dieu de la raillerie et des malicieuses critiques, mon éducateur qui me suit depuis l'Antiquité ? Qu'elle ne s'en sort décidément pas avec Éris, la déesse de la discorde ?

Momos se trouve drôle.

Il dit :

– Où Ira mon Éris ?

Je ne réponds pas, mais je pense : *Je serai comme elle, j'enfanterai la Peine, l'Oubli, le Désastre…*

Momos, passionné de mythologie grecque, jean délavé, chemise décolorée, baskets fanées, teint fade et barbe sauvage, surmontée d'une paire de lunettes rafistolée au Scotch, m'a connue à trois ans.

À cet âge-là, il me restait un peu de beurre au fond du cœur, mais j'aimais déjà déglinguer mes poupées et mes copains. Et puis les mouches aussi, parfois ; faut dire que c'est rigolo une mouche qui tourne sur elle-même, parce que privée d'ailes. Et l'abeille qui se noie, mais pas tout à fait, ses pattes glissant le long du verre, elle croit qu'avec un peu d'énergie, elle va remonter son Everest en pyrex, sans voir qu'une soucoupe est posée dessus, condamnant toute possibilité d'avenir. Elle est là, la folie de l'abeille qui, tout occupée à tirer son abdomen hors du sirop poisseux, ne voit pas que l'horizon est bouché. Pourquoi enlèverais-je la soucoupe ?

J'entends la Bouche mâchonner au téléphone.

– Je sais bien, Moïse, qu'est-ce que tu veux que je te dise… À mon avis, ils vont la renvoyer. De toute façon, la proviseure l'a prévenue bien dix fois, on ne peut pas dire qu'elle n'a pas été patiente… Des pétards, à ce qu'il paraît… Non ! Ça n'a blessé personne, mais tout de même… Je ne crois pas, tu sais… À mon avis tu es bon pour chercher un nouveau collège… (petit rire jaune…) Ben, je ne sais pas où tu vas en trouver un troisième ! Tu me dis ça à moi… Tu passes la voir ?… OK, je lui dis… Bonne soirée… Moi aussi.

Elle hausse la voix pour traverser les murs.

– Moïse n'est pas très content, tu t'en doutes. Il passera plus tard, là, il ne peut pas… Ira, tu m'entends ?

Je regarde le vide de ma chambre. Le lustre allumé forme un iris dans le blanc du plafond.

La Bouche a grimpé l'escalier quatre à quatre, elle respire comme un bus.

– Dis, tu me réponds quand je te parle ?!

Une mèche s'est collée sur son front, petit tas d'herbes coupées. Je ne réponds pas, je n'ai rien à dire. Une mouche est là, qui me regarde avec ses deux énormes globes rouges. Je vais la choper par derrière ; je maîtrise bien ce geste, et j'aime l'entendre vrombir au creux de ma main.

Raté. Elle s'envole par ma fenêtre ouverte.

Si la mouche s'envole dans moins de dix secondes
Alors ça Ira
Si je parviens à garder ma respiration plus d'une minute
Alors ça Ira
Si Louise Michel a écrit un jour quelque part le mot Clafoutis
Alors ça Ira
S'il y a moins de dix anneaux à mes rideaux
Alors ça Ira
Si j'arrive à dire « Six chiens chient sept choux » cinq fois très vite
Alors ça Ira
Si la Bouche m'appelle « Ma grande » avant demain
Alors ça Ira
S'il passe un avion et qu'aucun nuage ne vient le cacher
Alors ça Ira
Si Tess…

Alors ça Ira

7

Le vide s'engouffre. Le conseil de discipline qui doit décider de mon sort n'a lieu que dans une semaine. En attendant, je suis exclue, confinée ; je dois réfléchir à la portée de mes actes.

Momos va passer me voir à dix heures. Un samedi. C'est que l'heure est grave ; d'ordinaire il a son entraînement de foot. Pauvre Momos, privé de baballe.

Je m'enfuis par la fenêtre un peu avant. Nous sommes au premier. Je me suspends d'une main, je m'accroche de l'autre. On a sûrement la fuite dans les gènes, quand on est nigériane.

Je me suis éraflée la paume, le sang coule le long de ma ligne de vie. Ça forme une branche rouge sur mon Kleenex.

Je marche vers nulle part.

Je parviens à péter net un rétro en faisant un ciseau. Satisfaction (courte).

Je me retrouve, sans trop savoir pourquoi, dans un grand supermarché qui dégueule de produits à deux balles. Je vais me servir. J'ouvre un paquet de chamallows, le truc le plus doux, mou, écœurant que je connaisse. Je les enfourne dans ma bouche comme on essaie de faire rentrer un K-way dans sa housse. Je cherche les interstices de vide, je me suicide aux chamallows. Ils vont ressortir par mes yeux, par mon nez, je vais devenir la fille la plus douce, molle, écœurante que vous connaissiez.

Et là, les joues enflées, le regard noyé dans le sucre, je croise Tess.

On reste figées, deux gibiers dans les phares.

Les chamallows fondent dans ma gorge, je sens que je vais réellement m'étouffer. Un cri sort de moi, et je recrache tout, bombardant le rayon Confiseries des restes gélatineux.

Quand je relève la tête, j'ai le temps de voir ses yeux se plisser pour amorcer un rire incontrôlable, avant qu'elle disparaisse.

Elle part où, cette garce ?

Je me précipite et traverse les chocolats, les petits déjeuners, les boîtes de conserve, les soupes en brique, les laits en poudre, les Tampax, les shampoings revivifiants, les brosses à dents à poils souples, la pâtée en sachets x12 pour chats, les lots de vingt-quatre rouleaux de papier toilette triple épaisseur ultra-confort…

Elle est devant moi. Jupe courte, bras nus, elle valse du côté des fringues. Elle m'a déjà oubliée. Elle plaque sur son corps une chemise à petites fleurs serrées, et regarde négligemment le résultat dans la glace. D'une main, elle fait blouser le bas pour mieux se rendre compte. Elle se sourit. Puis, d'une moue qui signifie « adoptée », elle jette le chemisier dans son cabas. Elle secoue ses cheveux qui retombent harmonieusement sur ses épaules. Elle ne me voit pas.

Je suis à trois pas, un reste de bave collante sur le menton, et elle ne me voit pas.

Elle s'oriente vers les caisses en feuilletant les cintres sur son passage. Elle hésite un peu, reprend sa route.

Elle rit avec la caissière. Qu'est-ce qu'on raconte à une caissière ?

Elle se dirige vers l'escalator, je la suis. Je me rapproche. Il faudrait que je lui dise quelque chose. Quelque chose de bien senti. De fort. Quelque chose qu'elle entende. Tu crois qu'on peut se foutre de moi comme ça, sans même dire bonjour, sans même rien ?

Elle ne me voit pas. Ses cheveux lisses et brillants se balancent en cadence. Elle est légère. Elle prend même le temps d'enrouler sa chevelure en chignon, qui retombe comme une grosse vague, un ruban ondulé qu'on met sur les paquets cadeaux. Je perçois comme un sourire dans son dos. Pourquoi elle ne me voit pas ? Elle va atteindre l'escalator. Petit pied qui rebique sur la marche supérieure.

Alors, je la pousse.

Fort.

Elle ne crie pas. Tout juste une inspiration de surprise. Vol plané, chute, chocs sourds ; son corps roule jusqu'en bas comme un sac.

Ses cheveux sont en désordre.

Enfin.

Les cheveux de Tess

Depuis toujours :
Un rideau
La pampille d'un rideau
Les veines d'un merisier
Un pinceau plat
La gouttière d'un livre
Un jeu de Mikado bien rangé
Une forêt de bambous
Une cravate en grenadine de soie
Les plumes d'une chouette lapone
Un jet de douche en pluie
Un champ de blé
Une frange de coton
Des spaghettis crus

Après la chute :
Un nid de cigogne
Un chardon bleu
Des fanes de carottes
Un feu d'artifice
Écarlate.

8

– Mais t'étais où ?

Momos me chope au milieu de la rue. Je ne l'ai pas vu arriver.

– On s'inquiétait, avec Christine ! Qu'est-ce qui t'a pris de partir par la fenêtre ? Je t'ai jamais bouffée, que je sache ! Décidément, en ce moment, Ira, c'est n'importe quoi !

Il est parti dans son monologue. Il va me parler du contrat de confiance. Il me prend pour Darty.

– On avait un contrat, toi et moi, tu te souviens ? Comment veux-tu que je te fasse confiance dans ces conditions ?

On marche vite. Il me fixe. Il attend quelque chose de moi. Le gars ne doute de rien. Il pense vraiment qu'il va obtenir quelque chose de moi.

La Bouche nous ouvre la porte, ses sourcils cognent ses yeux.

– Ah ! Tu l'as trouvée ! Pff, c'est plus possible, Ira. Moi j'en peux plus de m'angoisser tout le temps comme ça !

– Ça fait partie du job pourtant, non ? T'es payée pour ça…

Elle ouvre des yeux de mangas. Momos a une furieuse envie de m'en coller une. Mais ça n'est pas dans son contrat, alors il tape son poing dans la porte de la cuisine.

– Tu veux quoi, exactement ? Qu'on t'enferme dans ta chambre ? Ou, au contraire, qu'on te foute une paix royale ? Qu'on te laisse tout gâcher, foutre ta vie en l'air ? C'est ça qui te ferait plaisir ?

À force de frotter ses mains sur son visage, ses pommettes s'enflamment. Ils attendent une réponse. Les gens attendent toujours une réponse de ma part. Je continue de trouver ça dingue.

– Je vais me calmer, je vous le promets. Je vais reprendre les cours sérieusement et penser à mon avenir.

Momos se fige, et la Bouche esquisse un relâchement de la mâchoire. Je profite de ce moment de déstabilisation pour aller m'enfermer dans ma chambre.

J'entends Momos de l'autre côté de la porte.

– Elle s'est foutue de nous, là, en fait, non ?

– Je sais plus quoi penser. Viens boire un café.

Les deux glus s'éloignent, à pas frottés. Je m'enfonce dans la couette. Silence.

Il est terrible, le regard de l'homme qui attend quelque chose de vous
Gonflé d'espoir
Persuadé qu'il saura trouver la phrase qui changera votre vie
Il est là
Fort comme un moineau
Ses convictions serrées dans ses poches
Il y croit, il n'a pas choisi ce métier par hasard
Il est le sauveur des petites orphelines
Le héros de son film

Il est terrible, le regard de l'homme qui n'obtient rien de vous
Il brandit ses phrases toutes faites
N'admet pas sa défaite
Pour un peu, ça serait de votre faute
Pourquoi ne jouez-vous pas le jeu ?
Pourquoi n'êtes-vous pas cette enfant studieuse et lisse ?
Cette enfant méritante que la République saura reconnaître

Il est terrible, le regard de l'enfant qui sait déjà
Que les dés sont lancés
Avant même qu'elle soit née
Elle a choisi son camp
Elle a choisi ses armes
Pas de phrases, mais des coups
Faut que ça saigne

Avec un petit peu de Jacques Prévert.

◆ ◆ ◆

9

Matin bleu ciel. Rien. J'ai attendu toute la journée, puis toute la nuit. Rien. Personne n'est venu m'arrêter. La Bouche a tapé à la porte plusieurs fois pour que je mange, pour prendre des nouvelles.

Mais les flics, eux, ne sont pas venus.

J'ai imaginé plusieurs scénarios. Je n'ai pas prévu de nier ; je ne nie jamais.

Je les vois comme moi, sans états d'âme. Ils me vouvoieraient. Ils diraient : « Vous êtes bien Ira Aneke, née sur un fragment de désert, fille de Fatou Aneke, toxicomane ? »

J'acquiescerais. La Bouche, dans un évanouissement de bouffonne, dégoulinerait au sol comme un arbre à guimauve.

« Vous êtes en état d'arrestation pour tentative d'homicide, suivez-nous. » (Au cœur de la nuit, c'était même devenu : « Vous êtes en état d'arrestation pour homicide, suivez-nous. »)

Peut-être Tess est morte. Peut-être elle est mal tombée. Elle n'a pas crié. J'ai vu ses cheveux en bordel et je suis partie. J'ai foncé dans les escaliers sans me retourner, personne ne m'a stoppée dans mon élan. Je ne sais même pas si on m'a vue la pousser…

Il y a de la vie, de l'autre côté de la fenêtre. Une dame tire un lourd caddie derrière elle. Elle change de bras, parfois. Des garçons jouent au foot entre les voitures. Ils gueulent ; les garçons, ça gueule beaucoup. Derrière mes carreaux, les sons s'ouatent.

Je me range dans mon lit. Je lis Louise Michel.

Elle dit :

« La haine est pure comme l'acier, forte comme la hache ; et si l'amour est stérile, vive la haine ! »

Elle dit :

« Les coups de cravache apprennent la force au lion en cage comme le coup de massue l'apprend au taureau à l'abattoir : alors le lion prend sous ses ongles l'histrion qui l'a cravaché ; le taureau brise la corde qui lui courbait la tête à l'anneau du supplice, s'échappe et sème l'effroi sur son passage. »

Je suis le taureau, affrontez-moi de vos mains nues. Laissez-moi mugir, laissez-moi rugir. Je ne suis pas un animal domestique, vous ne pourrez pas m'apprivoiser. Emmenez-moi à l'abattoir, je ne courberai pas la tête…

Je sens les muscles de mes bras se tendre, je suis prête à bondir. Le miroir de mon armoire reflète l'animal sauvage prêt à attaquer ! Mais… j'ai l'air d'un crapaud en bord de mare, un crapaud en colère. Je suis une gobeuse de mouches…

Et c'est là que la Bouche frappe à nouveau à ma porte.

– Ira, la proviseure vient d'appeler, elle veut te voir. Déverrouille cette porte, je voudrais te parler, s'il te plaît.

Voilà, nous y sommes. Je me lève. Je suis prête.

Lorsque j'ouvre, la Bouche forme une petite colline avec une tête de profiterole qui se fend d'un sourire crémeux.

– Quelle tête de pioche tu fais ! Tu pouvais pas le dire, que ce n'était pas toi qui avais apporté les pétards ? C'est quoi, cette idée de tout prendre sur toi ? Tu ne trouves pas que tu portes assez de choses comme ça ?

Je ne comprends rien. Elle me regarde, attendrie et rassurée, de petites rides striées au coin des yeux.

– Allez, habille-toi, on va au collège. Moïse nous attend en bas.

Qui me sauve ?

Qui ose vouloir me sauver ?

Qui ose essayer de vouloir me sauver ?

Qui ose penser qu'il peut essayer de vouloir me sauver ?

Qui ose envisager de penser qu'il peut essayer de vouloir me sauver ?

Qui a imaginé qu'il serait envisageable d'oser penser qu'il peut essayer de vouloir me sauver ?

Qui ?

◆ ◆ ◆

10

Coup de vent. La proviseure nous attrape au vol, elle a une réunion extra-importante, là, tout de suite, et ne peut pas nous recevoir comme elle le voudrait ; elle en est tout à fait désolée, elle se dissout en excuses, ses créoles font des grands huit.

Soudain, elle se met en arrêt, comme dans les starting-blocks, juchée sur ses talons, mains à plat sur son bureau, corps en contre-plongée, yeux en piqué dans les miens.

– Tess m'a tout dit !

Mon corps se raidit, je sens que le crapaud qui sommeille en moi n'est pas loin. Je réveille le taureau.

Sourire de traviole, soupir de fatigue, la proviseure se tourne vers Momos et la Bouche, qui ont à peine osé pénétrer dans le bureau.

– Ira est un drôle de phénomène, vous savez. Des enfants atypiques, en difficulté, en rébellion contre les institutions, j'en ai vu passer… mais des qui s'accusent de ce qu'ils n'ont pas fait, c'est une première ! Tess a avoué avoir amené les pétards à l'école, elle est aussi revenue sur le dernier incident auquel Ira était censée avoir participé, à savoir l'énorme tag dans le couloir de l'étage. Elle a entendu des élèves se vanter d'avoir fait ce tag, et je vais… – enfin, ce n'est pas ce qui nous occupe aujourd'hui : ce qui nous importe, c'est qu'elle nous a donné tous les détails qui permettent de disculper Ira.

Les trois adultes se sont tournés vers moi.

Ils me regardent, je les regarde me regarder, mon sang dégringole vers mon ventre. Plus de jus.

Un siège. Il faut que je m'asseye.

Elle poursuit.

– Ira est attendue demain en cours, et nous repartons, bien entendu, de zéro. Je suis désolée, ma grande, de n'avoir rien vu ; je ferai plus attention désormais.

Elle enchaîne, la créole autosatisfaite.

– Je suis absolument confuse, mais je ne peux pas vous garder plus longtemps ; comme je vous disais, j'ai une réunion qui va commencer…

Et là, elle pose doucement sa main baguée sur ma trop grande épaule. Tendresse. Je la laisse tomber dans les abysses de mes yeux noirs et me recule d'un pas net. Dégoût. Elle croit quoi ? Que son petit numéro de cheffe d'entreprise pressée et compatissante va me faire baisser la garde ?

Méli-mélo d'excuses, de salutations et de rires heurtés, les adultes s'enlisent. Quelle pitié.

Dehors, Momos et la Bouche m'encadrent. Momos passe son temps à vouloir démarrer une phrase qui ne veut apparemment pas sortir. Il prend de petites bouffées d'air par la bouche, qui s'enfuient par son nez, le laissant plus perplexe à chaque respiration. La Bouche est muette, figée comme un pudding, ce qu'elle vient d'apprendre là ne correspond à rien de ce qu'elle connaît de moi depuis quatre ans. Personne ne sait comment aborder ce nouveau thème : Ira se diffame, Ira s'incrimine, Ira se jette la pierre, Ira se moucharde, se cafte, se cafarde…

… Mais qui va croire un truc pareil ?!

Ça me laisse le temps de chercher une porte de sortie ; je nie en bloc ou je m'engouffre dans ce nouveau décor ?

Je n'ai pas, avec mon briquet, mis le feu aux poubelles de la cantine, et les pompiers n'ont pas eu à se déplacer.

Je n'ai pas écrit en énorme, à la bombe rouge, au premier étage : « Chacun cherche sa route, et l'école est un cul-de-sac. »

Je n'ai pas jeté les copies du brevet blanc du premier trimestre dans les poubelles de la cantine sous les restes de hachis.

Je n'ai pas, un premier avril, amené une sardine à l'huile pour la pendre à l'imperméable beige de Marine.

Je n'ai pas mis de punaises, ni de chocolat fondu, ni de glu sur la chaise d'un professeur.

Je n'ai pas vidé de liquide vaisselle dans les toilettes, et la mousse n'a pas envahi la moitié de l'étage.

Je n'ai pas mis de souris en décomposition dans le cartable d'Anatole en cinquième, ni même de mouches mortes dans sa trousse.

Je n'ai pas découpé au cutter l'anorak de Medhi pour en faire une veste d'Indien.

Je n'ai pas customisé les baskets blanches qui traînaient dans le vestiaire à coups de jets d'encre bleue, ni même attaqué des draps blancs qui séchaient au soleil en pressant une cartouche d'encre violette.

Je n'ai pas mis de clous dans le pneu de vélo du CPE, il n'est pas tombé avant de s'en apercevoir.

Je n'ai pas dessiné de vulve (avec le clitoris, les petites et les grandes lèvres) sur le tableau de la salle de SVT.

Je ne me suis pas lancé le défi de faire sonner l'alarme incendie une fois par semaine durant un trimestre.

Je n'ai pas coupé de mèches de cheveux à une vingtaine de personnes afin de créer un tableau de chasse.

Je n'ai coincé aucun élève dans les toilettes, et surtout pas quand on me suppliait d'ouvrir.

Je ne me suis jamais battue.

Je n'ai pris aucune nourriture pour l'écraser dans les cheveux d'un camarade ; la nourriture sert à être mangée, même celle de la cantine.

Je n'ai pas cassé de fenêtre en décembre, nous n'avons pas gardé nos manteaux durant deux mois en cours de dessin, l'année de notre sixième.

Je n'ai pas rayé de portières de voitures avec la clé de la boîte aux lettres de chez moi.

Je n'ai pas craché sur des poignées de porte, je n'ai pas renversé de poubelles sur la chaussée.

Je n'ai pas piétiné de fleurs que des jardiniers avaient patiemment semées, arrosées, entretenues.

Je n'ai pas mis de javel dans un pistolet en plastique en maternelle ; la maîtresse n'a pas failli tourner de l'œil quand elle s'en est aperçue.

Je n'ai pas cassé de verre en cristal sur la tête de Marcel à son anniversaire sous prétexte qu'il ne répondait pas à ma question.

Je n'ai pas mis de dentifrice dans les choux à la crème à l'anniversaire de Marcel sous prétexte que je ne les trouvais pas assez garnis.

Je n'ai pas épilé un bout de la queue du chat de Liliane avec son épilateur électrique qu'elle avait laissé sur le canapé.

Je n'ai pas poussé Hugo, le bébé de Sandra de sa chaise haute ; il n'a pas hurlé, on n'est pas allées aux urgences voir s'il avait un traumatisme crânien.

Ma mère va bien.

◆ ◆ ◆

11

Vendredi matin. Juste avant le cours de SVT. Tess est assise sur un muret, un genou sous le menton. Elle n'a rien. En apparence, elle n'a rien. C'est sa jumelle maléfique que j'ai poussée dans les escalators ?

Une main dans ses cheveux, redevenus lisses parce qu'elle le vaut bien, elle rit en parlant à Zoé.

Je ne sais pas quoi faire d'elle, je ne comprends plus qui elle est. La fashion victim et son petit chemisier à fleurs, l'amie des caissières, celle qui ne me voit pas, qui me laisserait crever asphyxiée dans la guimauve ?

Ou alors, la bonne Tess, Sainte Tess, qui viendrait s'accuser, dans un grand geste d'abnégation mystique ? Et pourquoi elle n'y a pas droit, elle, au conseil de discipline ? Serait-ce lié à ses notes mirifiques ? Son air angélique ? Sa blondeur chic ?

Dans le couloir, Mohamed me colle une claque derrière la tête en passant.

– Eh ben alors, ça va, petit piou piou ? T'es harcelée, toi, maintenant ? Qu'est-ce t'es allée chouiner à la proviseure ? J'y crois pas ! Autant, Alexandre, c'te fiotte, ça m'étonne pas qu'il nous la joue à l'envers. Mais toi ? Tu sais que la prof principale nous a fait un discours hier après-midi sur « le harcèlement moral » dont tu serais victime ? Des barres !!! Et il paraît que c'est Tess qui a amené les pétards – mais n'importe quoi ! L'autre intello qui se pointe avec des pétards ! Pour les fumer, peut-être !

Il éructe un rire en direction de son public – Noé, Violette et Yasmina –, qui se tape les cuisses pour montrer son appartenance au clan. Je ne réagis pas.

La prof de SVT nous fait entrer.

– En silence, s'il vous plaît. Alexandre, casquette, merci.

Elle me sourit d'un air entendu et me souffle en passant.

– Ira, s'il y a le moindre souci avec un camarade, n'hésite pas à venir m'en parler. On est tous là pour toi.

Mais qu'est-ce que Tess est allée raconter ? J'ai envie de la tuer. Ma respiration se tord. Je vibre, je tremble. Je vais bondir, l'éclater contre la table, et je cognerai jusqu'à ce que je sente de la bouillie sous mes doigts. J'entends une sorte de feulement sortir de ma gorge.

Il faut que je m'en aille, vite. Je gargouille un truc pour demander si je peux sortir.

– Tu veux que quelqu'un t'accompagne ? demande la prof, alors que je suis déjà de l'autre côté de la porte.

Mon cœur bat dans mes joues. Je longe le couloir, les murs se gondolent, les néons grésillent, et puis je cours, je cours, je cours. J'arrive en haut des escaliers. Ma poitrine se compresse. Au bord d'exploser.

En haut des marches
Le vertige
Plus rien sous les pieds
Quelqu'un crie
Les néons tournent
Ralenti en apnée
Voilà
C'est fini

Noir.

◆ ◆ ◆

12

*B**ip.* Comme dans les films. *Bip.* Mon cœur sur une machine. *Bip.* Je suis vivante, voilà ce qu'elle dit. *Bip.* Mal à la tête.

La Bouche est assise sur un gros fauteuil mou ; elle dort, une oreille sur l'épaule. Momos est debout devant la fenêtre, un petit jour jaunâtre se glisse dans la chambre, lui découpant un profil terreux sous sa barbe hirsute. Je referme les yeux.

Le sommeil me rattrape, m'enfonce dans le matelas.

Séquence suivante. Ils chuchotent, accoudés au rebord de la fenêtre ; elle se masse le cou, il hoche la tête en l'écoutant. Ils n'ont pas de solution. Je me rendors, absorbée par les bips.

Séquence suivante. Personne. Il fait tout à fait jour. Des gens passent et repassent dans les couloirs, des voix s'appellent, s'informent. *Tu as changé les draps de la douze ? Trois fois il m'a réveillé cette nuit, je te jure, ce môme, j'en peux plus ! Sa sœur a fait ses nuits à deux mois ! T'as essayé de le laisser pleurer ? Il faudrait faire la piqûre de Mme Duchêne. Attends, je te relaie, va prendre ta pause.*

Il y a une fissure au plafond, comme un fleuve qui cherche la mer. Elle forme des bras qui se tendent vers les murs.

Une dame en blanc entre brusquement, je n'ai pas le temps de refermer les paupières.

– Ah ! Tu es réveillée, Ira ?

Elle penche sur moi une paire d'yeux chocolat. Bienveillants.

– Tu sais où tu es ? Tu as eu un accident au collège ; tu es tombée dans les escaliers, tu te souviens ? Tu es à l'hôpital ; tu as un petit traumatisme crânien et une entorse à la cheville droite. Tu as eu de la chance, je crois ; il paraît que tu as dévalé toutes les marches.

Elle continue de me parler en vérifiant la poche pendue à mon bras.

– Tu as mal quelque part ?

Elle attend une réponse, le sourire sur pause.

– T'es pas causante, dis-moi… mais j'aimerais bien entendre le son de ta voix, tout de même. Dis-moi quelque chose, s'il te plaît.

Elle attend de nouveau, un poil d'impatience dans les pommettes. Je n'ai rien à dire. On se regarde. Et je souris. Je ne sais pas d'où il me vient, celui-là, mais j'ai bien senti mes commissures se barrer sur les côtés.

– C'est un début, me dit-elle pour m'encourager. Tu te souviens de ta chute ?

Je dis non avec les yeux ; elle n'insiste pas.

– Le docteur va passer te voir dans la matinée. On va t'apporter un petit déjeuner. On a des croissants aujourd'hui, t'as de la chance !

Elle me fait un clin d'œil en ressortant de la chambre.

Je me rendors.

J'aurais pu m'envoler
Planer au-dessus du collège
Comme un oiseau de proie
Surplombant la cour de mon ombre menaçante
Mais je suis tombée
Sur le carrelage froid
Et les angles de béton.

J'aurais pu glisser
Surfer sur les marches
Composer avec l'environnement
Faire corps avec la vague
Mais mon corps est un caillou
Une pierre plate
Il a ricoché
Violent, têtu
Et il a plongé

J'aurais pu rester debout
J'aurais pu marcher
Vers ma fuite annoncée
Prendre le chemin habituel

Refuser leurs mots
Gentillesses et promesses
Faire un doigt d'honneur
À leurs p'tites gueules bienveillantes

Mais
Je me suis jetée
Dans les escaliers
Le corps en tas
Comme un sac de billes

Et c'est bien
Je crois
Intuitivement, je crois
Sans savoir pourquoi

◆ ◆ ◆

13

– Ah ! La cascadeuse a ouvert les yeux ! Comment te sens-tu, jeune fille ?

Le toubib parle trop fort ; il ne me regarde pas vraiment, il est pressé. Il assoit une fesse sur mon lit et observe mes pupilles avec une lampe.

– Alors, raconte-moi tout, qu'est-ce qui s'est passé ?

Je le laisse faire sans répondre. Il me pince brièvement le bras ; machinalement, je me rétracte, et un « aïe » éraillé sort de ma bouche pâteuse.

– Bien, les cordes vocales fonctionnent toujours, alors je t'écoute.

Je ferme les yeux. J'éteins. Il n'obtiendra rien de moi.

La porte s'ouvre discrètement, je sens l'odeur de tabac tiède qui s'agrippe au cuir. Momos est de retour.

– Pardon, on dérange, peut-être ?

– Non, je vous la laisse, vous en obtiendrez peut-être plus que moi. Elle n'a pas l'air commode, cette demoiselle. Bon courage, messieurs-dames.

J'entends le chassé-croisé des corps qui s'excusent de ne pas être au bon endroit. Le toubib a refermé la porte. Silence. Ils ne savent pas si je dors. Je sens mes paupières trembler. Je détends ma mâchoire. Faire illusion.

Ils chuchotent.

– Le problème, c'est qu'on m'attend au boulot, réunion d'équipe...

La Bouche doit comprendre qu'elle va devoir se farcir le problème Ira toute seule. Momos enchaîne.

– Cela dit, t'as vraiment une petite mine, Christine, tu devrais aller te reposer quelques heures.

– Pour qu'elle se retrouve seule à son réveil ? Tu plaisantes, j'espère ?

Mais quelle conscience professionnelle, cette Christine ! On devrait lui offrir la médaille du dévouement.

Momos se sent con, ça s'entend à son souffle qui se gonfle.

– Bon, comme tu veux ; moi, j'y vais. Je t'appelle dans deux heures et je repasse en fin de journée.

Il sort.

La Bouche m'observe, je sens son regard qui me brûle à travers mes paupières closes.

Elle n'a pas prévu de lâcher l'affaire; moi non plus. On se fait *Je te tiens tu me tiens par la barbichette* les yeux fermés, je compte jusqu'à quatre à chaque inspiration, puis de nouveau pour l'expiration. Je suis la reine du zen. Je lévite au-dessus de mon lit. Je suis si calme que je sens la Bouche se ramollir comme un flan. Elle s'est assise près de moi. Encore deux ou trois respirations, et elle va s'endormir pour de bon.

Mais des doigts tapotent doucement à la porte, qui s'ouvre avec hésitation.

Jasmin, lilas, petite transpiration aigre, une pointe de curry.

Bordel, Tess!

***T**u*

***E**s*

***S**i*

***S**ingulière*

14

La Bouche sursaute.

– Bonjour, vous êtes… ?

– Une amie d'Ira.

Une amie d'Ira, la Bouche et moi savons que c'est un truc qui n'existe pas.

Je me redresse.

– Tu peux nous laisser, Christine, s'il te plaît ?

La Bouche ne m'a quasi jamais entendu l'appeler Christine, et encore moins utiliser des formules de politesse. Elle me regarde comme un poisson hors de l'eau, saute sur ses deux pieds, et coulisse vers la porte en ramassant à pleines mains son écharpe et son manteau.

– Je file, alors. Je t'achète un petit quelque chose à manger, ça te dit ?

J'esquisse un bout de sourire pour l'encourager à franchir la porte sans plus de réponse. Elle marmonne un « Je vais voir ce que je trouve, papotez bien les filles… », trop heureuse de me découvrir une « amie ».

Silence. Tess tire une chaise de l'autre côté du lit. Elle veut se mettre à gauche. Ce n'est pas la chaise qui va décider où elle s'assoit. Elle met un pied sous une fesse ; elle aime bien s'installer comme ça.

Elle lance :

– On tire à la courte paille qui commence ?

Je n'ai pas envie de jouer. Je ne réponds pas.

Elle remonte la manche droite de son pull. Son coude est bleu, bosselé.

– Tu vois, je suis pas Wonder Woman. J'ai pas réussi à le protéger. J'ai un bleu sur la hanche, aussi.

Elle sourit et enchaîne :

– Je fais du judo. Je sais tomber, mais là, j'ai pas eu le temps d'anticiper – et le terrain était pas vraiment favorable. Toi, tu sais emmerder le monde, mais clairement, tu sais pas tomber.

Elle me regarde frontalement, sans haine, sans pitié, sans tendresse.

– Pourquoi t'es allée dire que j'étais harcelée ?

Elle rit un peu en s'écroulant vers l'arrière, puis elle regarde le plafond et sa fissure.

Elle dit :

– J'avais deux raisons ; la première : te faire chier, la seconde… hum… te faire chier, je crois.

Toujours aussi calme, elle refait ses lacets. J'ai envie de lui balancer mon pied valide dans la figure, mais il doit pas être d'accord : il reste allongé à côté de l'autre. Tess ne dit plus rien, et le silence est doux ; je ne crois pas qu'elle attende quelque chose de moi. Elle sort un paquet de chamallows et le pose sur ma table de nuit.

– Pour bosser ton concours de hamster.

Elle tente de rester sérieuse, mais je la vois à deux doigts du fou rire. Mon nez me chatouille. Nos épaules tressaillent, nos bouches se tordent, nos ventres se spasment. Voilà : on rit. On rit tout à fait. À gros éclats. Ma tête me cogne, étouffée dans le bandage. Mais mes poumons se déplient comme un ballon de baudruche longtemps resté au fond d'un sac. Elle termine par une claque sur ses cuisses et se retrouve debout.

– J'y vais. Si tu veux, je t'apprends à tomber.

Une chanson frousse
Que me chantait ma maman
Au fond de la brousse
J'écoutais avidement
Cette chanson frousse
Je la garderai en moi
Pour que la vie repousse
Dans nos cœurs de guingois

La petite Fatou court dans le bois
Celui où se cache le loup
Ouh ouh ouh ouh
Surgi de nulle part, il arriva
Il prit Fatou et l'embarqua
La la la la

Au bord d'un trottoir
C'est ainsi que je suis née
Le loup on s'en carre
Il est parti déjeuner
Une chanson frousse
Pour tous les petits migrants

Une chanson frousse
Que me chantait ma maman

Oh le joli conte que voilà,
Fatou, en tox, se changea
La la la la
Et dans les bras de la grande ville
Pauvre princesse, elle est fragile
Une brindille

Une chanson frousse
Que me chantait ma maman
Au fond de la brousse
J'écoutais avidement
Cette chanson frousse
Je ne la chanterai pas
Je n'serai pas douce
J'garderai ton combat en moi
J'garderai ton combat en moi
J'garderai ton combat en moi

◆ ◆ ◆

15

Collège. Petit matin crachin, je glisse avec mes béquilles. Ça démarre très mal.

Tess est dans la cour. Elle a coupé ses cheveux ! Bon sang, plus rien ne bouge. Plus d'ondulation dorée, plus de rivière chatoyante. *Rio seco.*

Elle est de dos, elle cause avec Zoé et Côme, la bande des trois. Et je ne vois que sa nuque, un petit cou fragile et long, un truc qui casse. De plus près, il y a de minuscules poils blonds qui se débattent au vent. Un duvet. Ça a l'air doux.

Je dis *Bonjour,*
elle dit *Tiens, te voilà,*
je dis *Comme tu vois,*
elle dit *On t'a fait un cadeau pour ton retour,*

elle réprime un fou rire, je le vois, elle me tend un paquet enrobé dans des pères Noël et des sapins pailletés,

je dis *Ça sent l'arnaque*,

elle dit *T'as raison*,

je prends le paquet malgré tout, les regards se tournent vers nous, j'arrache la gueule des pères Noël. C'est un tee-shirt, je le déplie droit devant moi. Et là, je vois le message écrit en gros, en blanc sur fond noir. Les trois intellos gloussent, une main sur la bouche ; je comprends à leurs regards, aux ailes de leur nez qui frisottent, qu'ils attendent ma réaction avec un brin de trouille.

Apnée.

En suspension sur un pied, je balance mes béquilles. Le flamant rose vire sa doudoune. Je secoue le cadeau déplié et l'enfile par-dessus mon sweat.

Je crie : « Hé ! C'est moi ou c'est pas moi ? » en levant les bras au ciel. Ils applaudissent en riant, soulagés.

Zoé siffle entre ses doigts, Mohamed, débarqué par derrière, me refait le coup de la pichenette sur la tête.

Je récupère mes béquilles, et nous montons en troupeau vers le cours de français de huit heures, salle 214.

Tess tient ma doudoune, Zoé mon sac. Ils font une entrée tonitruante :

– Madame, Ira est de retour !

– Je vois ça, dit-elle avec un sourire.

Je m'installe au premier rang ; la prof plisse ses yeux façon « À quoi tu joues ? », puis elle avise mon tee-shirt, et son regard s'agrandit de confusion.

La classe se marre.

– C'est Tess, madame !

– C'est Tess la coupable !

– Elle l'a fait faire ; nous, on y est pour rien !

Madame Jacot, remplaçante d'Adès, attend elle aussi ma réaction. Au fond de la classe, Violette s'exclame :

– Hé, mais je vois pas ce qui est écrit, moi !

Silence, flottement.

Je me lève, monte sur l'estrade et me tourne vers la meute. Ovation ! Des rires volent en éclats comme des postillons de verre brisé, ou des gazouillis d'oisillons ; ça pique, ça pépie, ça me ressuscite.

Et puis je vois Tess, un sourire aveuglant et le poing levé.

– Yes ! hurle-t-elle. ICARE'S NOT DEAD !

Icare tomba
Quand la cire fonda
Et dans la mer se noya

Icare chuta
Car Icare se pensa
Plus fort qu'Hélios, fils de Théia

Pour Icare c'est foutu
Plus d'ailes, plus de P'tit Lu

Mais pour Ira c'est le début
Elle n'est pas vaincue
Elle a ressuscitu

16

– Rentre le menton. Et baisse la tête ! Et là, paf ! pivote ton épaule ! Trop tard.

Tess sautille autour de moi en mode boxeuse, ses cheveux comme un casque sous leur bandeau ; ils forment de petits arcs rebelles par-dessus le bout de tissu, ne semblent pas bien accepter l'idée d'être coincés.

– Faut que t'ailles plus vite : c'est immédiat ! Menton, tête, épaule, bras par-dessus tête, roulade.

Elle exécute le truc. Atterrissage à mes pieds. Elle se relève, et alors que je fais un petit *clap clap* des mains pour la féliciter, elle me pousse violemment. Direct, je m'étale, menton sur le tapis.

– Mais Ira ! T'as aucun réflexe !

La colère se jette sur moi comme une hyène, j'attrape Tess par ses petits cheveux hérissés et je la tire en arrière ; elle a le cou retourné, peine à déglutir.

Et là, ils sont comment, mes réflexes ?

Je me sens tempête prête à exploser, la sueur coule dans mes yeux.

Elle met sa main sur la mienne et articule, presque silencieusement :

– Arrête, tu me fais mal…

Ma sueur se glace instantanément, malgré moi. Puis je resserre ma prise.

Ah, voilà ! Je lui fais mal, enfin ! Il fallait juste un peu de patience : trois ans d'attente, et Sainte Tess est matée. Facile, en fait. Son corps se détend, comme les antilopes dans les docus animaliers quand elles sentent qu'elles ne peuvent plus lutter, que le lion va les bouffer. Elle se désarque, déplie ses jambes dans le bon sens, la voilà dans mes bras – je pourrais presque l'embrasser, si j'étais un de ces prédateurs de merde.

Elle respire mieux, son regard ne dit plus rien, ma main desserre un peu ses cheveux froissés. Et là, sans que je ne voie rien venir, ses jambes s'enroulent autour de mon cou comme deux serpents, et m'immobilisent complètement.

– *Ryote Jime*, annonce-t-elle.

D'un mouvement, elle me bascule au sol.

Aussi sonnée qu'impressionnée, j'ai à peine le temps de la voir se relever, puis quitter la pièce en claquant la porte.

« Pardon »

Te l'écrire ?
Te le dire ?
Tu vas te foutre de moi
Prendre l'ascendant

« Pardon »

Le jeter en passant
À peine articulé
« Quoi ? Gardon ? Lardon ? »

« Pardon »

Juste avec les yeux
Tu peux pas ne pas l'attraper
Un regard qui s'excuse
M'oblige pas à formuler

« Pardon »

Droit, franc, tonique, assumé
Un pardon héroïque
Presque hurlé à la face du monde
Je vais quand même pas me rouler par terre !

« Pardon »
  Petit papier griffonné
  Façon sixième
  J'ajoute du parfum ?
  Mon déo vanille ?

Mon pardon
  Tu l'auras pas
« Pardon »
  Je sais pas faire…

◆ ◆ ◆

17

Momos touille son café en cadence, en me jetant des coups d'œil par intervalles. La Bouche et moi attendons sa réponse. Elle aussi s'impatiente, ses doigts tapotent la toile cirée. Ça fait quinze jours que je tripote ce plan dans ma tête, et ma décision est prise ; je sais ce que je veux, pour la première fois de ma vie, j'ai une envie, une envie qui vient de moi et de personne d'autre, et la sensation est étrange. Y a de l'enjeu, il *doit* me dire oui.

Après un soupir de portes de bus qui se débloquent, il se lance :

– T'es pénible, Ira, avec tes idées tordues ! Tu peux pas faire de la danse, comme tout le monde ?

– De la danse comme tout le monde ? Comme toutes les p'tites filles sages, tu veux dire ? Tu m'prends pour un cygne ?

La Bouche sourit. Je leur balancerais bien leur tasse de café à la tronche, mais y a un truc en moi qui m'arrête, un peu comme une flemme ou autre chose, l'impression que ça n'est pas exactement ce que je veux faire, l'impression que ça peut se passer autrement, l'impression que la tasse de café dans la tronche, c'était un truc d'avant, un truc simple et pas efficace, un truc qui défoule et m'embourbe.

Alors, je fais craquer mes doigts un par un comme des noix sèches.

– Je veux faire de la boxe ! Je veux pas faire des entrechats avec un tutu, Momos, je veux défoncer des sacs de sable et des gueules de bâtards, je veux avoir le droit de le faire, avec des règles, à égalité. Je veux que ça fasse mal, je veux faire tomber des corps, que ça flanche sous la force de mes coups, je veux que ça m'épuise, je veux aller au bout, je veux gagner, je veux tout éclater !

Tout mon corps s'est peu à peu tendu vers lui, mes tempes pulsent en rythme, je suis déjà sur le ring. Je n'ai jamais rien demandé, jamais, ils ne peuvent pas me refuser *ça*.

Il tente une misérable approche :

– Tu préfères pas le judo, comme ton amie Tess ? C'est mieux, le judo, c'est plus… structurant.

Je suis implacable.

– Le judo, c'est le truc de Tess, pas le mien.

La Bouche pose ses petits doigts ronds sur mes phalanges.

– On va en parler avec Moïse, ma grande, ne t'inquiète pas, nous voyons très bien l'importance que cela a pour toi.

Je ne bouge pas. J'attends. Prête à bondir. Elle ajoute avec un rien de tremblement.

– Tu nous laisses… ?

– Non.

Tac au tac.

– Ira…

– Non, je vous laisse pas. Pourquoi vous décideriez pour moi ? « Aujourd'hui, la discipline a fait son temps, les hommes qu'elle a élevés se heurtent et se rebutent dans la libre envolée de l'humanité. »

Tac au tac.

Médusés. Momos a la mâchoire qui tombe, laissant apparaître une grosse langue molle, et la Bouche louche. Je le savais. Louise Michel est la plus forte, tu peux apprendre n'importe quel passage, tu le balances comme une bombe, et ça marche.

Momos reprend ses esprits.

– Qu'est-ce que tu viens de dire ?

– Quand ça ?

Faire l'air de rien.

– Là, tout de suite, ta phrase sur l'humanité.

– Je sais plus exactement, ça m'est venu comme ça !

J'ai envie de me marrer. Jouer, je sais faire. La petite brute a un peu plus de vocabulaire que prévu !

Ils se regardent. Réattaquer avant qu'ils ne se relèvent.

– Donc, pour la boxe, on est d'accord.

Tendre le papier à signer, préalablement rempli.

Il signe, le regard encore un peu vitreux.

Tapis.

Premier cours.
La salle est en sous-sol
Des rings alignés
Des gens qui combattent
Briques rouges au mur
Odeur de sueur enfermée
    J'aime

Mon entraîneuse est blonde
Cheveux remontés en hérisson
Sourire piquant assorti
Regard vert laser
    J'aime

Elle dit : Qu'est-ce qui t'amène ?
Je dis : Je veux cogner !
Elle dit : Les sacs de frappe sont là, vas-y
Et elle retourne entraîner une brindille rousse écarlate
    J'aime

Je cogne
Avec les poings
Avec les pieds

Avec la tête
Avec tout mon corps –
fin du premier cours
J'aime

Deuxième cours
Idem
J'aime

Troisième cours
Idem
Je doute. Je dis : C'est toujours comme ça ?
Elle dit : Ça dépend si tu veux faire de la boxe ou juste cogner.
J'aime.

Quatrième cours
Premier entraînement de boxe
Gestes techniques,
Corde à sauter,
Intentions,
Réflexions,
J'aime

Et alors, premier match. Adversaire à genoux cagneux et regard insondable. Six mois de pratique.

Bouclier – pas peur – recule – pas trop – souple, souple – respiration ;

Attaque, bien, comme ça – saute, perturbe-la, oui : attaque, dans le mille, c'est bon, ça ! – elle titube ; reste présente – attention à ses yeux – elle se lance – absorbe, encaisse, respire – bouclier – repose-toi, souffle, et c'est parti :

Contre-attaque – joli ! – elle vacille – corps-à-corps, sa sueur glisse – reste pas là vingt ans, lâche ses bras, c'est pas une étreinte, dégage, fais-lui face, attention ! – esquive – c'est bien ; reste présente, ne lâche rien, et – vas-y !

Attaque – ouch ! – absorbe, c'est pas grave, pas vu venir, respire, colle-lui un direct – vache, tu l'as pas ratée !

Clochette – fin du premier round

Je perds le match
J'ai mal partout
J'aime.

◆ ◆ ◆

18

Y a moyen, sans dire pardon ?

Je retourne ce truc dans ma tête, en boucle.

Tess me fait la gueule – d'ailleurs, non, elle fait pas la gueule, c'est pire : elle nie mon existence. Si quelqu'un parle de moi, elle ne répond pas ; si on se retrouve face à face, elle s'en va ; son regard ne se détourne pas quand on se croise, il me traverse de vide.

Le brevet se rapproche, préoccupation principale de mes congénères. Ils font un truc rigolo : ils révisent.

Il me reste un mois ; après, ça sera trop tard. Après, c'est le lycée, et elle partira je ne sais où. J'ai demandé la voie générale. Pas sûr qu'elle me soit accordée, alors j'ai aussi coché « Bac pro *Artisanat et Métiers d'Art*, option *Tapisserie d'Ameublement* », c'était le premier sur la liste. (Je vais tapisser des meubles, je comprends même pas ce que ça veut dire.)

Le pire, c'est quand elle rit avec Zoé. Ça me colle des montées de fièvre. *Esquive, esquive, respiration.* Parfois, je mets mon poing dans mon sweat et je colle un coup au mur, un petit direct, coude pas relevé, bien aligné.

Mon premier vrai match avec du public se rapproche, lui aussi. Mon entraîneuse soutient que je fais des progrès très impressionnants, je crois que je n'ai jamais entendu un seul adulte dire un truc de ce genre me concernant. J'ai dû sonder deux fois ses yeux laser pour être certaine de leur honnêteté.

Y a moyen, sans dire pardon ?

Je retourne ce truc dans ma tête, en boucle. D'autant que je ne crois même plus à un pardon possible, ça ressemblerait à du réchauffé – c'est le lendemain que j'aurais dû ; une phrase un peu simple, mais sans bavure : « Suis désolée pour hier, j'ai déconné, je sais pas ce qui m'a pris », et puis on serait allées cueillir des marguerites.

Nan, je plaisante, y avait rien à faire. Ça fait deux fois que je l'explose, y a une fois de trop, basta.

Et puis, d'un coup, j'ai eu une idée. Une idée complètement débile. Une idée d'enfant. Une idée rose bonbon. Une idée lumineuse. J'ai pensé qu'il n'y avait pas plus crétin, que j'atteignais une sorte de crête sur le mont de l'absurdité – et donc que c'était ce que je devais faire pour la reconquérir.

Je lui ai fait un dessin.

Mais attention, pas un dessin insignifiant. Un tableau ambitieux, format A1, sur du papier 180g/m^2, c'est-à-dire le papier utilisé par la Bouche quand elle fait de jolies aquarelles de pommes moisies.

Moi, j'ai dessiné Tess avec des cheveux longs, longs comme des vagues d'océan, vêtue d'une robe de princesse serrée à la taille par sa belle ceinture de judokate marron (le niveau juste avant la noire). Et en petit, à côté, il y avait moi, en train d'essayer de recoller mes ailes d'Icare avec des chamallows fondus. Ensuite, comme dans tous les dessins, j'ai mis un soleil au coin avec des rayons dardants et une jolie mer derrière, se mêlant aux cheveux de Tess. C'était beau, c'était ridicule, c'était ridiculement beau. C'était mieux que des excuses, c'était une abdication totale.

C'est ainsi que je suis arrivée au milieu de la cour, un matin bleu layette, avec mon immense carton à dessin sous le bras. Me suis plantée devant elle et, avant qu'elle songe même à m'ignorer, j'ai brandi mon œuvre, arborant la face crispée d'une fille qui joue sa vie.

Il y a eu un silence, immense, éternel, vertigineux, et puis…

Un peu comme un paresseux au ralenti
J'ai vu tes yeux s'agrandir de stupeur
Ta bouche s'ouvrir
Tes mains fondre sur ton crâne
Avant l'éclat
Avant l'explosion
Tu as dit :

« Ah mais non !
Ah mais c'est pas possible ! »

Tu as tenu ton ventre
Des larmes se sont mises à couler de partout
Tu essayais de respirer
Sans y parvenir
Tu t'es assise par terre dans la cour
Tu t'es allongée par terre dans la cour
Tu as dit :

« Ah, purée, je vais crever ! »

Tu as essayé de te redresser
Tu n'y es pas parvenue.

Alors, vaincue,
Tu es restée au sol
Martelée de soubresauts
Les joues en feu
Les mains battant le bitume
Les yeux cherchant un appui au ciel

Tu étais en train de mourir de rire

◆ ◆ ◆

19

Mon adversaire est au sol. Son coach l'aide à se relever. Ça gueule dans les tribunes. J'ai viré mon protège-dents pour mieux respirer – quelle saloperie, ce truc. Mon entraîneuse Émilie me cause, je chope des bouts : « Jeu de jambes… ton gauche… n'hésite pas. » Je dis oui à tout avec la tête, je bois des litres de flotte et me balance le reste sur la tronche. Quand est-ce qu'on y retourne ?

Momos est debout en train de gueuler :

– Vas-y, Ira !

J'aurais mieux fait de faire de la danse, il n'aurait pas ramené sa fraise. Cette idée me fait marrer. Quand on sourit avec un casque, ça donne l'impression de repousser la mousse avec ses joues. Saloperie de casque ! Fait chaud.

Ding!

Troisième round. C'est le dernier, je dois tout donner!

La fille a les jambes qui flageolent un peu, mais le regard décidé. Manque de précision; elle tape dans le vide. Je l'invite à danser, on valse – je tourne tellement! Je me baisse, me relève, elle ne sait plus où elle est. Premier coup, son épaule droite, elle recule, gauche, recule. Elle rebondit comme un automate, ses yeux se vitrent. Je sens que je la tiens.

– Ira, défonce-la!

C'est la voix de Tess, ça, je la reconnaîtrais entre mille, ma Sainte Tess Xupéry. Elle est venue.

Je fixe les yeux noirs de l'autre, je la brouille, je l'embrouille et lui décroche un uppercut qui l'envoie dans les cordes: ralenti, feu d'artifice de sueur en gerbe, c'est putain de beau.

C'est terminé, la salle se lève.

Dans le micro, mon nom.

La juge Soraya Mouhni donne Ira Aneke vainqueur.

Le juge Medhi Alitouche donne Ira Aneke vainqueur.

Le juge François Pelletier donne Ira Aneke vainqueur.

J'ai gagné. L'arbitre a levé ma main, j'ai gagné.

Ira Aneke vainqueur…
Irane que vainqueur
Ira âne que vainc cœur
Iraneke vingt qu'heure
Iranekevinkeur

Je ne serai pas un agneau qu'on égorge
Je ne vous servirai pas de méchoui
Je me changerai en pieuvre, en lionne, en tigresse
Et je garderai ma colère en bandoulière
Je serai vainqueur encore et encore
Et je gagnerai des médailles en or
Je n'ai plus peur.
Ma mère, tu peux lâcher l'affaire
Et quitter cette Terre
Merci de nous avoir extirpées de là-bas
C'est ici que ma vie sera
Personne ne trouvera rien à y redire
Je saurai être à la hauteur de ton courage
Je serai Louise Michel

Poing de côté
Poing de chute
Poing de départ
Poing de fusion
Poing de mire
Poing final

◆ ◆ ◆

Citations

P. 39 : Poème d'Ira inspiré de « Viro Major », poème de Victor Hugo en hommage à Louise Michel, 1871.

P. 55 : Poème d'Ira inspiré de « La grasse matinée », de Jaques Prévert, in *Paroles*, 1946.

P. 58 : Louise Michel, *Pensée dernière*, 1887.

P. 59 : Louise Michel, *L'ère nouvelle*, chapitre IV, 1887.

P. 86 : Poème d'Ira inspiré de « Une chanson douce », d'Henri Salvador et Maurice Pons, 1950.

P. 101 : Louise Michel, *La Commune, Histoires et souvenirs*, 1898.

Tu as aimé ce roman ?

Tu vas adorer :

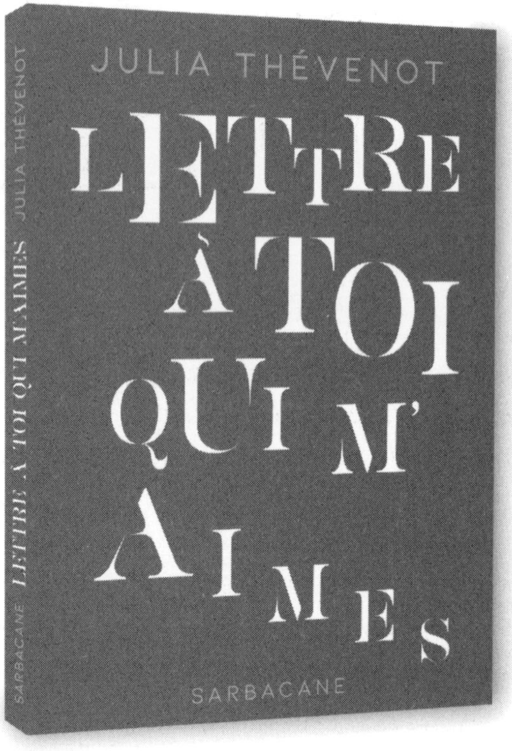

Lettre à toi qui m'aimes
Julia Thévenot

14 x 18,5 cm | Couverture en pantone
120 pages | 9782377315994

JULIA THÉVENOT

LETTRE À TOI QUI M'AIMES

Une « anti-histoire d'amour » drôle et légère, contée dans une veine poétique issue du *novel in verse*, qui adopte le point de vue rare de celui qui est aimé mais n'aime pas en retour…

Yliès et Pénélope, ça sonne comme un couple fait pour s'aimer, un duo romantique de lettrés ; c'est musical, gourmand, sucré-salé.

Alors pourquoi Pénélope ne l'aime-t-elle pas, Yliès, hein ? Elle joue avec lui, en plus, sérieux : du jour où elle l'a rencontré, elle a su qu'elle lui plaisait. Elle l'a senti, compris. Alors pourquoi, pourquoi, l'a-t-elle laissé s'approcher, s'amouracher, se glisser dans son quotidien et ses amitiés, aller aussi loin, aussi près ?

Pourquoi ne veut-elle pas l'aimer ?

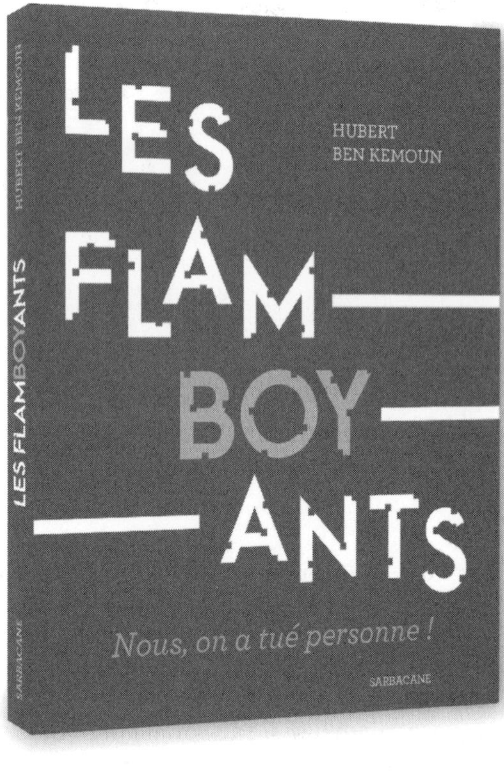

Les Flamboyants

Hubert Ben Kemoun

14 x 18,5 cm | Couverture en pantone
144 pages | 9782377319022

LES FLAM— BOY— —ANTS

Naviguant entre le thriller et la comédie de mœurs, l'auteur concocte un huis-clos follement savoureux et animé par une langue riche, espiègle et pleine de vie.

Que fait cet homme échoué sur la terrasse du centre de soin « Les Flamboyants », ce matin ? C'est très simple, il est mort ! Oui, mais que savent ces cinq garçons qui ont vu le corps en premier ? Eux si abîmés et tellement lumineux, si particuliers… Il y a Claudius qui joue aux billes avec son œil de verre, Kenny dont le passé pèse des tonnes, Martial qui a décidé d'arrêter le temps, César qui a sans cesse besoin de vérifier qu'on l'aime et Samuel qui reste toujours sur ses gardes. Cette mort mérite une enquête, et ces cinq lascars en savent plus qu'ils ne le disent. Mais durant l'interrogatoire des garçons vont se dévoiler des éléments qui mènent beaucoup plus loin que l'enquête. Car ce matin, ce n'est peut être pas la police qui mène la danse…

Directeur de publication : Frédéric Lavabre
Collection dirigée par Julia Robert-Thévenot
Maquette & Conception de couverture : Morgane Flodrops

Loi n° 49-956 du 16 juillet 1949
sur les publications destinées à la jeunesse.

Achevé d'imprimer en juillet 2022
sur les presses de l'imprimerie Grafica Veneta S.p.A.
N° d'édition : 003
Dépôt légal : 2e semestre 2022
ISBN : 978-2-37731-933-6
Imprimé en Italie